무게를

베다

무게를 베다

초판 1쇄 인쇄일 2021년 11월 3일
초판 1쇄 발행일 2021년 11월 13일

지은이 김순옥
발행처 (재)당진문화재단
주   소 충남 당진시 무수동2길 25-21
전   화 041.350.2932
팩   스 041.354.6605
홈페이지 www.dangjinart.kr

펴낸이 양옥매
디자인 김영주 송다희
교   정 조준경

펴낸곳 도서출판 책과나무
출판등록 제2012-000376
주소 서울특별시 마포구 방울내로 79 이노빌딩 302호
대표전화 02.372.1537   **팩스** 02.372.1538
이메일 booknamu2007@naver.com
홈페이지 www.booknamu.com
ISBN 979-11-6752-046-3 (03810)

2021 당진 신진 문학인 선정작품집

무게를 베다

김순옥 시집

당진문화재단

시인의 말

내 마음이 아프게 흔들리는 날이면
거칠게 달려드는 파도를 묵묵히 품어 주는
바다 앞에 서 봅니다.

내게 스미는 그 사랑을 안고 돌아서면서
그런 시를 쓰고 싶다는 생각을 했습니다.

호수시문학회에 수줍게 발을 들여놓은 지
오랜 세월이 흘렀습니다.

시를 만진 시간만큼 많은 것들을 담아내지 못하고
아직 익지 않은 시를 세상 밖으로 내보내니 부끄럽습니다.

더욱 정진하면서 그 부끄러움 감내하겠습니다.

차례

시인의 말   5

1부   길의 미학

불가마   12

부부 1   13

부부 2   14

사랑 1   15

사랑 2   16

사랑 3   18

사랑하는 하령아   19

할아버지의 지게   20

그대여   22

이별   24

단풍   25

두 공주   26

달동네 사람   28

안 대령   30

아들 1   31

아들 2   32

부실 공사   33

며느리란 자리   34

달맞이꽃   36

애월리 그녀   37

길의 미학   38

왈순 소녀   40

2 부   **섬진강의 아침**

칠월이면   42

섬진강의 아침   43

부재   44

봄바람   45

장날 1   46

장날 2   47

사계四季   48

하루   50

낙화암 가는 길   52

파리와 쥐새끼   53

패   54

가슴에 뿔났네   56

산 1   57

산 2   58

산 3   59

풍경   60

가출   61

비상구   62

소망   63

정 1   64

정 2   65

비자금   66

침묵   67

3 부   슬픈 손맛

어머니의 기침   70

어머니의 사랑으로   71

후회   72

어머니 1   74

어머니 2   75

어머니 3   76

아버지 1   78

아버지 2   79

아버지 3   80

아버지 4   81

어버이날   82

어찌 살았소   84

두 애기   85

석양   86

박꽃   87

슬픈 손맛   88

당신이 떠나시던 날   89

그리움 1   90

그리움 2   91

오늘도 출근 중   92

2006, IMF   94

아버지의 호떡　　　　　　　　95

4 부　　　　안부를 묻다

내리사랑　　　　　　　　　98
마음　　　　　　　　　　　99
자화상　　　　　　　　　　100
화　　　　　　　　　　　　101
세월　　　　　　　　　　　102
무게를 베다　　　　　　　　103
향수　　　　　　　　　　　104
돌 1　　　　　　　　　　　105
돌 2　　　　　　　　　　　106
용서　　　　　　　　　　　108
욕망　　　　　　　　　　　110
불청객　　　　　　　　　　112
어느 날　　　　　　　　　　113
꿈　　　　　　　　　　　　114
원치 않는 또 다른 나　　　　115
가는 세월　　　　　　　　　116
허상　　　　　　　　　　　117
기억　　　　　　　　　　　118
능소화　　　　　　　　　　119
하롱베이의 바다　　　　　　120
삶　　　　　　　　　　　　121
안부를 묻다　　　　　　　　122
명命　　　　　　　　　　　123
정지된 시간 속의 그리움　　　124

1부

길의 미학

불가마

열병에 시달린 젊은 아낙은
가랑이를 헤벌쭉하게 벌리고
지구를 반쯤 열어 놓은 듯한 아궁이 속으로
군불을 지피고 있다

굴뚝에서 뿜어내는 연기가
아궁이를 삼킬 때
목구멍까지 치받아 올라오는
숨을 가쁘게 몰아쉰다
잉걸불의 불꽃이
붉은 생선의 지느러미처럼 퍼덕거릴 때
사방으로 튀는 불의 잔편들

화염은 한 다발이 불꽃
아낙의 허연 허벅지 사이로
붉은 꽃들이 만발하고 있다

부부 1

달그락 달그락
다 닳은 볼품없는 틀니 한 쌍
달고 쓴맛 함께한
이십오 년

돌아가는 시계 톱니바퀴처럼
그런대로 잘 맞는
틀니 한 쌍

부부 2

내가 당신을 웬수라 하며
함께 공생하는 것은
나 또한 당신의 웬수이기에
함께 있는 거라우

그 웬수 갚으려고
헛된 믿음이라도

철천지웬수라는 말은
어쩌면 맹목적인 사랑일지도 모르는 일

사랑 1

심지가 타들어 가듯
죽음의 시간들이
꺼져 가는 생명 속에
미약하게 전해지는 그것은
아직 뛰고 있는 심장의 고통,
가장 늦게 멈추는 게 사랑인가
이미 끝을 알아버린
황망한 눈동자
채울 수 없는 내면 공간
애타게 눈물 뿌리며
찾고 있던 너
죽음의 문턱에서야 알 것 같다
그 질기고 모진 마음을

사랑 2

햇살처럼
풋풋할 땐 몰랐습니다
석양의 아름다운 모습을

온몸 태우는 열정보다
삭히는 저녁노을에 비치는
고요한 숨결의 떨림이
더 사랑스러운지를

앞서가는 시행착오
실패와 좌절의 아픔을
견뎌 주는 시간들

당신이 없었다면 아직도
끝없는 사막 길을 걷는
낙타 같은 사람으로 살았을 것입니다

목마른 나를 위해
고단한 나날을 덮어 주는
당신의 사랑에

난……
아직도 떨고 있는 바보랍니다

사랑 3

아미산 오르다
보았다
하얀 눈 채 녹기도 전에
분홍 눈망울 초롱초롱 뜨고
서 있는 그녀를

흑백의 산비탈에
선홍빛 피 한 방울 뚝뚝 흘려
산을 물들이고

봄보다 먼저 산허리에
앉아 있는 진달래,
누구를 만나려고
저렇게 다소곳한 분홍 자태를 서둘렀을까?

사랑하는 하령아

뒤뚱뒤뚱
넘어질 듯 넘어질 듯
뚱뚱거리며 걸음마하는 너를
사랑의 언어로 다 채울 수 있으랴
환희의 몸짓으로
표현할 수 있으랴
함박꽃 웃음으로 너를
바라보며 기도한단다
너의 작은 걸음걸음이
옹알거리는 한마디 한마디가
사랑이신 그분을
닮아 갈 수 있기를
그분의 향기를 품을 수 있기를
감히 용기 내어 욕심으로 기도한단다

할아버지의 지게

오래되어 낡고 헐렁한 지게
주인 잃고 헛간에
드러누웠다

전생의 업보인 양
달팽이처럼 달고 다닌 지게를
주인은 내려놓아야 했다

"파킨슨병*이 뭐랴?
인제는 일을 못헌댜,
나는 헛거여!" 하며
구부러진 등 두드린다
밝은 날도 모자라
저녁이고 새벽이고 가리지 않더니

할아버지,

내려놓은 지게처럼

등 한 번 못 펴 보고

돌아누웠다

---

[*]파킨슨병 : 뇌질환의 한 가지. 주로 중추신경계의 이상으로 발생하며, 손
발이 굳어지고 동작이 부자연스럽게 됨.

그대여

엉키고 찌든 자국
세월의 흔적들은
저 노을빛과 함께 흘려보내요

하얀 도화지 위에
한 획 한 획 그려 나가는 한 폭의 수채화처럼
물인 듯 물감인 듯
서로 스며 하나의 채색을 이루며
지우고 문질러도
지워지지 않은 그림의 조각들

아쉬움을 뒤돌아보지 말고
그대의 뒷모습을
닮아가는 두 아들이 있지 않은가?

찌든 세월의 흔적을
맑은 물 앞내*에 씻어 버리고
남은 그림의 조각들을
사랑으로 그려 나가요

* 앞내 : 충남 당진시 행정리에 있는 냇가, 역천의 줄기.

이별

슬픈 칠월의 그날처럼

창백한 달빛이

긴 그림자 드리우고

울음의 끝에 맺힌다

슬픔도 오래되면 단단해지는 법,

눈물에도 뼈가 있어

눈을 감으면

비상의 나래를 접고

날아 보지 못한 당신

하얀 이를 드러내고

푸석푸석 웃는다

웃는 모습이 더 아프다

단풍

원삼 족두리, 연지 곤지
어여삐 단장하고
설렘에 두근두근
새신랑 우리 낭군
눈빛 별빛 맞추려다
부끄러워 수줍어
빨갛게 새빨갛게
물들고 말았다네

두 공주

붉은 카네이션 한 송이
고사리 같은 작은 손으로 불쑥 내미는 꽃망울보다
눈망울이 더 앙증맞은 두 공주 힐끔힐끔 눈치를 하며
앉는다
카네이션 브로치도 날개를 접고 나비처럼 앉는다

"할머니 8년 동안 키워 주셔서 감사해요"
합창 속에 묻어나는 진정에 내 분홍 흉금이 한꺼번에
무너져
봇도랑 봇물 터지듯 마음에 거친 물살이 이는데

"할머니, 학교에서 이 카네이션과 브로치를 팔아 주면
어려운 장애인 돕는 거라 하셔서 우리가 모은 돈으로
산 거야"

이젠 마음 씀씀이도 대견스런 두 공주

가슴에 단 붉은 카네이션보다 더 향기로운
노랑 꽃봉오리 두 송이

어느새 나눔이 사랑임을 알고
받는 것보다 주는 것이 더 큰 사랑임을 알았다니
저 어린것에서 배워
가이없이 들려주고 싶은 단 한마디

"두 공주, 사랑해"

달동네 사람

언덕배기 즐비한 집들
달빛으로 얹은 지붕이 같아
사람들은 비슷비슷한 꿈을 꾼다
새벽이슬에 젖은 풀들이
채 마르기도 전
직장으로 학교로 알바로
일제히 쏟아지는 발걸음으로
왁자한 달동네 골목
주머니는
하루치의 희망으로 불룩하다
모두 같은 꿈을 꾸는 까닭에
상처도 걱정도 같은 사람들
빨랫줄에 널린 젖은 달빛이
뽀송뽀송 마르면
희망이 다 빠져나간
텅 빈 주머니로 돌아오곤 하지만
가장 높은 데 지은 집이기에

가장 먼저 달이 뜨는 마을

누가 먼저랄 것도 없이

담장을 허물 듯 들려오는

코골이 합창 소리에 맞춰

달빛을 끌어 당겨 덮는 기척을 받아 적느라

별똥별들이 하나둘 지붕에 떨어진다

금 간 담벼락 틈에 난 들풀도

담장을 기웃대며

부푸는 희망을 받아 적는다

안 대령

어머니 영면하시던 때
소리 죽여 오열하던 안 소위,
군인 정신도 슬픔 앞엔 무릎을 꿇어야 했다
이제 불혹을 넘어 멋진
중년이 된 그를
오랜만에 다시 보니
세월의 품이 느껴진다
소위에서 대령으로 세상의 계단을 쌓아 올린
한 인생의 궤적,
이십여 년 한결같이
지고지순한 인생의 역경을 딛고
우리 내외 앞에 선 그는
아직 우리에게 앳된 소위의 모습
그렁그렁한 눈매에서
회억되는 안 대령이라는 그 사내

아들 1

우뚝 선 미루나무
비바람 휘몰아쳐 힘차게
밀어내도 당차게
버티고 서 있네
북풍한설 눈보라 거세게 휘감아도
의연하게 견디네
햇살 한 아름 온전히
가슴에 안고
지나가는 나그네
어느새 기둥이 된 나무 한 그루
두 팔을 활짝 펼쳐
그늘 되어 쉬게 하네

아들 2

창백하고 메마른 삶
쓸쓸한 허기와 고단한 일상
한줄기 바람처럼 넉넉하게
힘을 불어 주던

명주 잔털 같은 꿈으로
한 발 한 발 힘을 주어
뻭뻭이 신발 장단에 맞춰 걸음마하던

노을 물든 뜨거운 바람 가슴에 담아
누군가의 가슴을 데우는 불씨 되어
새롭게 타오르는 벅찬 사랑의 길
환하게 열고 있구나

부실 공사

오늘은 설마 하여

칠보단장 분 바르고

기다리고 참았건만

요놈의 서방

누구에게 눈길 줬나

진종일 기다린

지 각시 내팽개치고

새 꽃내음 맡으며

뿌연 새벽 달아오르네

며느리란 자리

별을 안고
남편 뒤를 따라 철없이
촐랑거리며 내려온 객지
시간의 흐름 속에
머리 위 그늘진 곳으로
하얀 서리가 스며들고 있다

아들 녀석
하얀 살결에 눈이 커다란
도시 여자를 데려와
지 짝이란다

어이할꼬
망설이는 남편
며느리란 자리가 뭐라고
이리저리 잴까
사람 사는 것 다 거기서 거기지

내가 무작정 남편 따라왔던
옛날의 그때처럼
아들 따라 내려온
한 삶도
사랑으로 감싸 안으면 되지

말처럼 잘될까

달맞이꽃

한 발짝 두 발짝
살얼음판 내딛는 마음
두 손 맞잡고 호호 불어 주며
언 수족 가슴에 품어 주고
고개 너머 따스한 봄날
희망을 꿈꾸며 고통 슬픔 벗 삼아
굵어진 손마디 발바닥 갈라지도록
수절하듯 핀 꽃 있네

세월의 강 넘어 봄은 왔건만
등 돌리고 돌아눕는 낭군
밤이면 옷고름 활짝 풀어
그리움 한소끔 끓여 놓아도
슬픔의 상념에 잠긴 여인의 마음
찬 서리 된서리 온몸으로 맞이하는
달맞이꽃

애월리 그녀

하늬바람에 실려 다시 찾아온 애월리
한달음에 달려가 맞은 그녀의 몸에선
아직 씻기지 않은 짠 내가 파란보다 짙게 배어 있었다
애절이라 불러도 될 만큼 바람 무늬 새겨진 용암석처럼
더 검은 얼굴에 삶의 웅덩이보다 깊은 그녀
소주 한 잔에 온몸이 출렁인다
세월을 이겨 낸 손마디에 묶여 있는 굵은 해안선 한 줄
가락지가 된 채 빠지지 않아서일까
맞바람에 옴짝달싹할 수 없는 이곳에서
이고 온 빈 물허벅에 바다를 퍼 담듯
빈 소주잔에 세파를 넘치든 따라
목젖 너머로 푸른 물너울 한 잔 흘려보내면
한 폭의 바다가 그녀를 다독이듯
태왁*처럼 소주잔에 두둥실 떠서 표류하고 있다

* 태왁 : 해녀들이 물질할 때 그물을 매달아 놓은 둥근 튜브.

길의 미학

가풀막 지나고
에움길 돌아
고샅에서 만난
너와 나

푸서리길*을 헤쳐 가고
돌서더릿길**에서 넘어지다 보면
깍지 낀 손이 헐거워져
잡은 손 놓칠 일이 생길지도 모르겠지만

뒤안길만을 걷게 되고
길이 등을 보여
길섶에 잠시 주저앉더라도
함께 보폭을 맞춰 걷는
굴곡진 인생길
끝끝내 놓을 수 없는 손길이네

* 돌서더릿길 : 돌이 많이 깔린 길.
** 푸서릿길 : 잡초가 무성하게 난 길.

왈순 소녀

껄끄러운 가슴 꼭꼭 여미고
큰 소리로 호탕하게 웃는 날엔
슬픔 가득 고여
진한 외로움을
도도함으로 포장한다
돋아난 혓바늘처럼 껄끄럽고 아파 오지만
거울 앞에 서면
히죽히죽 웃으며 멋을 낸다
왈가닥 같지만
속내만은 지고지순한
눈 밑의 심연이 유난히 깊어 보이는

그녀가
겨울 빈 바다를 바라보고 있다

2부

섬진강의 아침

칠월이면

폭풍이 지나간 자리처럼
황량한 가슴 안고
창가에 서 있네

하늘엔
슬픈 이별의 그날처럼
창백한 달빛이
긴 그림자 드리우고
내 아픔 위로
은빛 가루를 뿌려 상처를 봉한다

눈을 감으면
날갯죽지를 활짝 펴고도
날 수 없는 당신은
한 점 허공의 그림자일 뿐
하얀 이를 드러낸 웃음만
가득하다

섬진강의 아침

별빛이
강물에 젖어 물빛이 밝다
안개비가
강의 물결 위에
하루의 여정을 휘갈겨 쓴다

바람이 불어
수변의 나뭇잎을 흔들면
하루를 써 내려간
여인들의 이야기가
강물의 물결 위에 자욱하다

어느덧 여명의 빛이
문틈 사이까지 스며들어
강가의 아침이 적요롭다

부재

퇴원을 하고 돌아와 보니
주인 허락도 없이 자리 잡고
앉아 있다
바람 따라 그림을 그려 놓은 너희들
주인 노릇을 하고 있다
옷장 속에도
거실에도
깊게 뿌리를 내리고 있었다
창문 틈 사이로 비집고 들어온
햇살에 들통이 났지만
잠시 그냥 뒀다
내 부재의 모든 거처에
속속들이 들어와 있는,
가을

봄바람

내 나이에
너무 빨리 지나가는 하루
눈 질끈 감고
멈춰 본다

가스렌지 위에 끓고 있는
찌개의 반란도
귀청이 따갑도록 울고 있는
전화벨 소리도
잠깐 문 밖으로 미뤄 놓는다

냄비 밖으로
끓어 넘치고 싶은
어느 봄날 오후

장날 1

얼굴이 땅에 닿을 듯
구부러진 허리를 치켜세우며
당신의 몸짓만큼 큰 보따리에
끌려가시는 할머니

콩 한 되 작은 채소들
구부러진 등짝 위로 쏟아지는
칠월의 햇살도
노점에 펼친 보자기 위에 담뿍 담뿍
마수걸이가 떨이이자 파장이다

땅거미가 서산을 서성일 때면
고단한 할머니의 검은 비닐봉지엔
초콜릿, 햄버거가 그네를 탄다

장날 2

태양은 소리 없이
분을 토하고
대지는 목이 말라
흐느적거리는 한나절

구석진 시장 모퉁이
계절을 잃어버린
사내 하나가
한 잔의 독주에
남루한 가슴을 적시고 있다

구겨진 지폐처럼 꼬깃꼬깃한
몸짓의 언어로 휘갈겨 쓰는
시장 바닥이
사내의 낙서로 홍건하다

사계四季

봄,
꽃들의 붉은 고백으로 뿌려진 날
파아란 하늘 바라보며
높이 뛰어 내 꿈을 올려놓고 싶었습니다

여름,
바람 부는 날은
내 날개 펼치듯이
너울너울
탱탱한 열매로 주렁주렁 열려
붉은 욕창처럼
속까지 곪고 싶었습니다

가을,
세월이 수없이 흘렀는데
아직도 내 욕심 채우지 못해
오늘도 버둥거리며 잡을 수 없는
그리움만 안고 있습니다

겨울,
소복소복 눈이 쌓이는 날엔
내 발자국 눈 위에 찍어 가며
홀로 실컷 울어 보고 싶었습니다

하루

커피 향 그윽한 차 한 잔과
간간이 불어오는 바람도
무더위에 지쳐 피다 만 백일홍도
작은 그늘을 찾아 쉬고 있다

부러질까 넘어질까
세포 하나하나 곧추세우며
묶어 두었던 지난날을 살며시
풀어놓는
하루의 하오,

노을 한 겹 걸려 있는 능선으로
한 무리 새 떼들 날아가면

함께 보낸 하루
고생 참 많았다고

고단한 모든 발목들

쪽 뻗어 본다

낙화암 가는 길

오월의 햇살에 현기증이 난다
차창 밖으로 밀려가는
신록의 싱그러움에
유혹을 느낀다

삼천 궁녀의 사랑이
백마강을 흐르듯
여인의 가슴속 사랑의 밀어는
차창 밖으로 흐른다

어두운 밤 길섶의 풀꽃도
이슬을 머금고 사랑이 피어나듯
삼천 궁녀의 사랑의 절개가
여인네 가슴 폭에 안겨 있다

파리와 쥐새끼

윙윙 파리 한 마리가
내 주변을 맴돈다
일격을 가해 한순간에
때려잡아야지
파리채를 집어 든다
너는 소리도 지르지 못하고 가리라
순간
카톡이 울린다
쥐새끼 같은 놈들 하는 짓거리
국회의원 연금법 통과!
서민들 혈세로 국회의원 65세이면
월 120만 원
목숨 건 참전용사 연금
월 9만 원!
그래 파리새끼 쥐새끼보다
더 먼저 퇴치해야 할
해충들
파리채로 허공을 힘껏 휘둘러 본다

패

시장 한쪽 널브러진 좌판에
야바위꾼의 손길이
지나가는 사람들을
불러 모은다

화려한 손놀림에
유혹되는 수많은 눈들
삶이 저렇게 간단한 속임수라면
얼마나 덧없을까
생각하면서도
좌판에 수북이 쌓이는 푼돈들

공든 돈이 공돈이 되는
경로를 본다

파장 뒤에 남겨진 흔적이란
딴 사람은 없고
모두 잃은 사람들뿐

버려진 듯 치워진 좌판 위에
노을만 빈 패를 돌리고 있다

가슴에 뿔났네

나의 죄가 차고 넘쳐 갈급한 맘으로
회개하기 위해 기도원에 갔다
사천여 명 되는 수많은 성도들
회개와 은혜를 갈구하며
하나님 사랑을 갈망하여
무릎을 꿇었는데
길게 늘어선 화장실 입구에
무릎 꿇린 언어
.
   .
      .
         .
            .
               .

"분실물 주의"

산 1

산길은 어떻게 난 걸까
울창한 덤불을 헤치며 걷는
발길이 쌓여 생겨난 삶의 길,
누구나 그런 길 하나쯤은
마음에 품고 살아가야 하는 길이기에

거친 숨을 몰아쉬며 오르는 산
새살림을 준비하는 나무의 연둣빛 꿈도
이미 썩어 가는 밑둥을 내려보는 고목도
산에서는 당연한 일, 삶의 과정인 듯
산에 오른다

언젠가는 내려올 산을 오르는 것이다

산 2

오르기보다
내려오는 것이 힘든 너
많은 연민과 고독으로
너와 씨름해도
늘 패배자인 나

산을 오르는 것은
산을 정복하고자 함이 아니라
내 안의 경사를 다독이는 일

능선과 계곡의 기울기가
마음의 굴곡을 다스리기에
정복과 배려, 겸손과 희생이 모두
너의 넓은 품에 있기 때문이라네

산 3

잠긴 눈 힘겹게 뜨고
부스스 일어나려는 너
불끈 솟아오르려는 너

어쩌란 말인가?
온갖 일 마다하고
고무신 거꾸로 신고 줄행랑친
그 계집
어디 가서 찾으려나

산속이라 산 위가 안 보이고
산 아래라 산 밑이 어두운
눈 감아도 그 자리에 고대로 서 있는

품 밖의 산, 산 안의 품

풍경

지글지글
빨갛게 달구어진 냄비 안에
햇살은 끓고 있네

수줍은 냉이
물오른 미나리 향기도
식탁에서 너스레를 떨고 있다

마당 한구석에 쪼그리고 앉아
졸고 있는 강아지 눈꺼풀 위로
바람난 봄은 달콤하게 유혹하는데

들판에서 들려오는
경운기 힘찬 소리가
늘어진 낮잠을 깨운다

가출

검은 아가미 속으로
석양의 붉은 피는
자화상을 그려 놓는다

길게 자리 잡은 아파트
담벼락에 지쳐 쓰러져 가는
광고물들이 주인을 찾아 나선다

유리성에 비쳐진
유혹의 불빛 따라
잃어버린 미로

어둠의 그림자는
주인을 잃은 꿈들을
집어삼킨다

비상구

혈맥을 타고
골수 마디마디
아픔의 고통이
수혈을 한다

죽음처럼
번뜩이는 메스에
솟아오르는 검붉은
선지들이 오열한다

고립된 나를
벗어나기 위해
몸부림치지만
남은 것은 허우적거리는
한낱 그림자일 뿐

저 멀리 비상구는 항상 깜빡거린다

소망

고된 하루와 싸운 옷을
세탁기 속에 넣어
표백제와 함께 세탁을 한다

서로 뒤엉켜
흰 거품을 내며
하루의 노독과 아픔을 토해 낸다

거칠고 혼탁한 마음을
맑게 헹구어
하얀 이를 드러내고 웃는 오늘을
하나, 둘
툭툭 털어 햇살 좋은
빨랫줄에 널면
뽀송뽀송해지는 젖은 희망들

정 1

문지르고 닦아 내며
손때에 길들여지기 십여 년
아침부터
늦은 저녁까지
우리 가족을 위해
언제든지 불을 주더니
이젠 성냥불을 그어 피워야만
제 구실을 하는 낡고 볼품없는 렌지
유행하는 최신식 렌지가게 앞에 서성여 보지만
함께한 시간을 외면할 수 없어
오늘도 정으로 타오르는 불씨에
성냥 그어 아침을 준비한다
가족의 입맛을 속속들이 알고 있는
낡은 렌지 하나
이젠 가족이다

정 2

오래전 구입한 구두
세월의 흐름 속에
유행에서 뒤떨어진
촌스런 모양새

구두를 신고 많은 곳을 다녔지만
구두는 불평 없이
내가 가는 곳을 함께했지
이젠 신발장 안에 잠들어 있을 구두

버리기엔 아깝고
신고 다니자니
유행이 지나 애물단지가 된 듯하다

멋진 모습으로
폼나게 다니던 구두
이제 신발장 안에서 나를 기다리고 있다

비자금

차려입은 모양새
멋있어 보일지라도
썩어 가는 까만 속
무엇으로 감출 수 있을까
금빛 향수 뿌려
향기는 풍긴다지만
악취 나는 속은
뭘로 막을 수 있으랴
보이는 것만이 보이는 것이 아닌 것을
너와 나 잘 알고 있음을
두려워 끄집어내지 못하고
쓰러질까
벙어리 냉가슴 앓듯
굳어 가네

침묵

침묵이 가장 큰 소리일 때가 있다

소리 없는 투쟁이

공허 속의 통곡인 것처럼

고요한 독백은

내 속의 울림에 귀를 기울이는 것은 아닐까

승리 없는 투쟁 속에

상처받는 영혼들

표정 잃고 핏기 없는 얼굴이지만

스치고 지나치는 사람과 사람

진한 그리움이 밀려오는데

지친 영혼의 연주곡인가

어제의 고요한 외침처럼

오늘의 긴 독백은

내일을 향한 치열한 몸부림인 것을

3 부

슬픈 손맛

어머니의 기침

적막을 깨는 기침 소리
근력의 세포 하나하나까지
온기마저 하강하듯
어머니를 흔드는 숨비 소리가
내 작은 가슴 바닥까지
흔들린다

가슴 울리는 밭은기침
어머니의 가벼운 생의 무게마저
소리 없이 태워 간다

활활 타는 마른 어머니의 쇠잔한 무게

어머니의 사랑으로

힘들고 고달픈 삶! 그래도 살아가는 이유는 당신이 있기 때문입니다. 어머니의 가슴을 파헤치며 젖꼭지를 놓지 않던 제가 불혹의 나이 두 아이의 애미가 되어 보니 당신의 아픔을 조금은 알 것 같습니다. 박꽃처럼 곱던 얼굴에는 세월의 그림자처럼 검버섯이 까맣게 만발하고, 휘어진 허리에는 버거웠던 짐들이 보입니다.

이승보다 저승길이 가깝다고 하신 말씀, 제게는 설움으로 가슴에 맺혔습니다. 서리 내린 머릿결엔 힘겨운 근심이 쌓여 있고 구부러진 손마디에서 당신의 고달팠던 삶이 보입니다. 한마디 말도 조심스럽던 세월, 차마 눈물도 못 흘리신 당신의 사랑, 그 사랑이 나를 살게 합니다.

후회

걸레에 물기가 남아 있다고
투덜대던 나는
엄마 손목이 아파
그런 줄 몰랐습니다

말귀를 알아듣지 못한다고
귀찮아하던 나는
엄마 귀가 어두워진 것을 몰랐습니다

음식 맛이 왜 짜냐고
타박하던 나는
엄마 입안이 헐어서
혀가 둔해진 것을 몰랐습니다

빨리 따라오지 못한다고
뒤돌아보며 짜증내던 나는
엄마 무릎 연골이 닳아
아팠던 것을 몰랐습니다

먼 하늘 바라보며
눈물로 가슴 치는 나날들
하나둘 쌓여서 계단이 될 거예요
그 계단 밟고 올라가서
당신 만나거든
용서를 구할 수 있을까

어머니 1

해바라기는 온종일 뜨거운 햇살을
가슴에 안은 채
고개를 세우고 있다

먼동이 트기 전부터 어머니는
베란다 창문 너머로 고개를 내밀고
학교 가는 손주 녀석의
그림자가 보이지 않을 때까지 눈에 넣고 계신다

얼마나 마음이 깊길래
담고 담아도 어머니는 넘치지 않는 걸까

뜨거운 햇살
검게 그을린 가슴으로
온종일 망부석이 되어 버린 당신

우리 집 베란다에는 해바라기 한 그루 있다

어머니 2

내가 누구야?
몰라!
초점 잃은 눈빛으로
바라보다 돌아누워
버리시는 당신
조금씩 지워지는 기억들을
어찌 잡아 둘까
소금에 절인 찌든 세월처럼
삭아 가고 있다
앙상한 손마디 위에 핀
흰 꽃처럼
기억이 하나씩 지워질 때마다
생겨나는 반점들
텅 빈 생각 주머니가
달팽이처럼 느릿느릿해진 어머니,
돌아누운 당신의 등 위에
뿌연 안개가 출렁이고 있다

어머니 3

하얀 박꽃 같던 고운 얼굴엔
짓무른 슬픈 세월 고이고 고여서
죽은 꽃 만개한 검버섯이
내게도 뿌리를 내리려는지
눈시울이 뜨거워진다

질고의 긴 세월 무게 견디며
바람 잘 날 없는 아픈 손가락들을
어머니라서
한 아름에 다 품어야 함을 알기에

무지개 타고 접었던 날개 들어
하늘 담아 바람 담아
그리운 님 만나러 준비하는
어머니

어여쁜 당신,

죽음 이후에도 잊히지 않을 그리운

그 이름

아버지 1

땀에 찌든 세월의 흔적
빛바랜 바지 사이로 휘파람이 분다
지는 해를 뒤로하고
간 절인 조기 한 마리
손에 쥐고 고갯마루
넘어서는 당신

비상의 꿈을 달고 날아간 자식들이
하나, 둘 새겨 준
밭고랑처럼 패인 주름살 속에
당신의 뿌리가 드러난다

곤한 몸 누이고 잠든 당신
소리 없이 앓고 있는
머리맡에 별빛 한 움큼 쏟아져 있다
물이 다 쏟아진 물병자리가
창가에서 새벽녘까지 반짝거린다

아버지 2

등에 짊어진 노을조차도 짐이 된 채
어둠에 채이며 귀가하시는 아버지
어깨에 짊어진 그 무게를
헤아려 본다

일상이 땀에 절은
찝찔한 생의 주름살 사이로
아버지의 세월은 깊은 골로 패이고

어릴 적 풍선을 불어
꿈처럼 손에 쥐어 주시던 따뜻한 사랑
그 추억으로 마주하면
지금 아버지가 앓고 계신 삶의 시련
이제 내가 감당해야 할 몫

아버지 지나간 보폭의 발자국 위에
살며시 내 발을 포개 본다

아버지 3

새벽 기침 소리와 뽀얀 담배 연기
전깃불 아끼라는 고함 소리,
당신이 그리워질 때가 있습니다
잘생기고 멋지며
근엄한 듯 인자하신 모습들을
덧없는 세월의 마디 속에 묻고
이젠 주름지고 야윈 얼굴,
허약하고 측은한 모습이 된 당신의 자태입니다
아무 거리낌과 허물없이
세상 죄악 벗듯 남루한 의관
훌훌 벗은
아버지, 당신의 모습
언제나 정겹고 그리움이
나를 더욱 슬프게 하지만
먼 훗날 당신이 그리워
가슴속 깊이
고이 접어 묻어 두겠습니다

아버지 4

하늘 맞닿은 달빛 동네 판자촌
비탈진 골목 기웃거리는 햇살이
그늘 품은 그림자를 풀어 놓으면
어귀에선 바람 내음 짙게 풍기곤 했다
별을 보고 나가는 아버지
세워진 옷깃이 뒤돌아보는 곳에
손발 작은 자식들이 서로 등을 기대고
삶을 키우고 있었다
아버지 땀내 밴 한 줌의 양식에
허기진 어둠이 둥지를 틀었고
자식들은 밤새 밤의 휘파람 소리를 들어야 했다
별이 밴 아버지 옷깃 눕혀지던 날
골목 작은 햇살은 대문에 조등으로 걸리고
자식들은 오래도록 슬픔을 나눠 먹었다

어버이날

가슴에 달 카네이션 대신
온갖 먹거리를 챙겨 향하는 요양원,
코로나로 격리된 유리벽 너머
저쪽의 그리움과 이쪽의 아픔이
잠시 한 줄기 물결로 출렁거린다

마스크로 대신하는 이목구비가 약을 친 소독에 취한
병실

늘 침대와 한 몸이셨던 시어머니
검버섯 꽃을 담뿍 피우고 쇠잔한 꽃대를 세우시는데
마스크 사이로 흘러내리는 붉은 언어

보, 고, 싶, 었, 어

저 흔하디흔한 한마디가
이렇게 가슴에 비수처럼 꽂힐 줄이야

목구멍이라는 그 비좁고 어두운 통로에
얼마나 오래 쌓아 두었길래
눈이 맵도록 시큼하게 발효된 걸까

보고 싶다는, 저 말에
가슴에서 등 뒤까지 화살이 관통하여 생긴 큰 구멍 하나
그리움으로 가득 채워도 넘치지 않는 오늘

어찌 살았소

동네 아낙네들 홀리는 소리처럼 들리는 말,
어찌 살았소?

제 발등은 어두워도 허공을 비추는 가로등처럼,
바람에 몸 맡기는 나무들의 흔들림처럼,
강물에 씻기고 씻겨 모서리가 다 닳은 몽돌처럼,
살아온 내력엔 어떤 단서도 붙일 수 없으므로

아무 데나 푹푹 꽂아도 뿌리내리는 들풀이 되어
흔들리고 꺾일수록 더 꼿꼿해질 수밖에 없는 모성으로
어미의 등을 찢고 나오는 새끼들에게
육신마저 먹이로 내주는 염낭거미처럼
등골은 부러지지 않고 휜다는 말,
어미라는 이름이므로

어미는 다 그래야 했다

두 애기

육 개월 된 손녀딸이
큰일을 저질렀다

응아를 한 것이다

시원하게 저지르고 부끄러운지
울고 있다

구십의 노모는
한 아름 실례하고
아무 일도 없었다는 듯
시치미를 뚝 떼고 서 계신다

코를 찌를 듯한 고약한 향기를
당신은 모르는 척
나를 보고 웃고 있었다

석양

산꼭대기 붉은 홍시
치아 없는 우리 노모
잇몸 붉도록 드시겠네
온몸이 홍시마냥
울긋불긋 단풍 들면
머리맡 자리끼까지
홍시 물들어 붉은데
어머니 가슴속으로
뉘엿뉘엿 홍시가 지네

박꽃

강물이 되어 흐르는
당신의 눈물
태산 되어 쌓인 애절한 한恨
비단결보다 더 곱던 머리엔
흰 서리 내리고
장밋빛 고운 살결은
어느덧 겨울 나목 되었네
당신의 그 자태
세월의 마디에 짓눌리고
늦서리 맞은 꽃잎 되어
깊은 골, 험한 골로
가슴 깊이 묻어 두고
언제나 그 자리에 머문
예수보다 자비한
당신의 미소

슬픈 손맛

어릴 때 엄마의 손에 이끌려
억지 목욕을 하곤 했지
때를 밀어 주는 엄마의 손길이
가시나무처럼 매워서
아프다며 도망치려는 나를
어김없이 내리치던 그 손

언젠가 목욕을 하며
엄마에게 등을 내맡겼는데
그 짜릿한 손맛
다 어디로 갔을까
흐물흐물
내 등을 어루만지고 있었네
내 삶을 어루만지고 있었네

당신이 떠나시던 날

그대여
저 울음소리가 들리시나요
벼랑 끝으로 내몰린 자존심을 부여잡고
통곡하는 저 소리가 들리시나요

당신이 떠난 빈자리
그들은 허우적거리며
금 간 나팔 소리만 울어 댑니다

미안합니다 죄송합니다
그 말을 하고파
떠나가는 당신을 놓아주지 못합니다

당신은 쉬고 싶은데……

그리움 1

마음의 길을 헤매다
문득 서 있는 자리
그대와 있음을

허망한 꿈인 줄
알았다면 깨지 말 것을

세월의 물살에
떠밀려 잊혀진
이름

꿈속에서라도
만났으니
마음이 일렁이도록
하얗게 밤을 접어 봅니다

그리움 2

밤새 그리움에 몸살 앓고
해쓱한 얼굴로
방문 앞을 나서는 어머니

안 오리라 알면서도
말없이 기다려지는 마음
힘겨운 발걸음을
추슬러 가며 베란다로 옮겨 놓는다

심장을 까맣게 태워 버린
목숨처럼 사랑한 칠 남매
하나, 둘
굳은살이 되어
당신 가슴팍에 못이 되었습니다

오늘도 출근 중

어둠이 아직도
덜 깬 잠을 내몰기도 전에
검은 비닐봉지 하나
손자락에 얹으시고
비틀거리며 현관문을 나서시는
어머니……

인생의 숲을 헤집고
나침반의 바늘이 고장 나
방향을 잃고
거꾸로 돌고 있는 서른 살의 삶

"엄마 어디 가?"
"응! 돈 벌러 가는 거야!"

구십의 노모는

오늘도

일상의 여정을 떠나신다

2006, IMF

엄마 손 꼭 잡고 놓치지 마라

화려한 네온사인의 거리

밀려드는 인파 속에

너희들 잃을까 겁이 난단다

빽빽하게 늘어선 빌딩 숲속에

나를 잃을까 두렵단다

옷자락 꼭 잡고 한눈팔지 마라

그것마저 놓치면

넌 떠도는 신세

머나먼 낯선 땅에서

영영 떠돌고 만단다

아버지의 호떡

둥근 호떡 속에는 아버지가 있다

팔리지 않아 말라비틀어진 호떡을

옆구리에 끼고 들어서는 아버지

차갑게 식은 팥고물을

당신 체온으로 데워

알맞게 따뜻한 식은 호떡

망울망울 쳐다보는 어린 자식들을 위해

하루 품삯 털어 떨이로 사 오신

참 달큰했던 호떡

이제 호떡만 보면

아버지의 그 따뜻함으로

눈물이 뜨거운가 보다

4부

안부를 묻다

내리사랑

시집가 사는 것이 순리라고
여자라면 자식 낳아 알콩달콩
자식 키우며 신랑 섬기며
시집식구 알뜰살뜰 챙기며
살아야 한다고
이것이 사람의 도리라고
늙은 어머니는 눈물 찍어 내며
작은 손을 부여잡고 당부하셨지
사랑 잃아 가며
신열을 잠재우며 지탱해 온 나날들
오십 넘어 뒤돌아보니 혼자였네

마음

허세로 치장한 여자가
정지선에 서 있습니다
부푼 꿈으로
이름 모를 섬 하나를 찾아 헤매다
신호등 앞에 서 있습니다

마음의 덮개를 닫고
길바닥에 혼자 서 있는
그녀에게 빨간 신호등은
돌아가라고
더 이상 꿈도 꾸지 말라고
하얀 손을 내젓고 있습니다

노란 점멸등 반짝반짝
오랫동안 신호등에 갇혀 망설입니다

자화상

죽을 쑨다
속앓이하던 시절을 잠시 잊은 채
미워하던 마음
억울한 마음
하나둘 집어넣고 주걱으로 휘저으며 쑤는 죽

끓일수록 묽어질 때마다
씹을 일이 없어지겠지만
죽 쑤며 살아왔던 생이 이런 것이었던가

냄비 속을 들여다보니
동그라미로 세모로 휘저을 때 언뜻 비치는
낯익은 얼굴이
그릇 밖의 나를 빤히 바라본다

화

밤새 몸살을 앓은
찌뿌둥한 몸으로
시작하는 하루의 여정
습관처럼 어김없는 나는
믹서기에 과일을 간다
삼십 년 넘게 갈고 있음에도
제대로 갈리지 않는 것은
낡은 기계 탓일까 내 탓일까
한 번도 고장 없는 믹서기와
잦은 고장으로
불쑥불쑥 올라오는 울화통
언제 멈출지 모르는 믹서기와 나
둘이서 오늘도 어설프게 화를 갈고 있다

세월

땡볕 아래
소나기 같은 땀줄기로
한 땀 한 땀 키운 풋것들
땀에 절은 눅눅함이
온 밭에 꽃을 피운다

바람에 흔들리는 등불 하나
밤하늘의 별빛을 길라잡이 삼아
헤아리며 달래 온 지난날

허리 한 번 치켜세우니
빨갛게 익은 고추
한 움큼 쥐고 환하게 웃는 당신이
왜 이리 얄미울까

무게를 베다

발끝에 매달린
삶의 무게가 무거워
석문방조제를 찾았다
비릿하고 찝찔한 내음과
시퍼렇게 칼날을
세우고 달려드는
파도가 그곳에 있었다

바람의 칼날을 쥐고
끊임없이 덤벼드는 파도를
아픔을 베듯 휘젓는 너를 보았다
벨수록 질겨지는 슬픔이란 부위
파도 한 장 썰지 못하고
칼날만 부러졌다
삶의 무게는 베어지지 않았다

향수

달빛 따라
친구 따라
개울가에서 물장구치고
미역 감았지
한여름 밤 참외 수박 서리에
날 새는 줄 몰랐지
어죽 쑤어 솥단지째
둘러앉아 더 먹어라
건네주던 지난날의 향수
개울물처럼 흘러서 갔지

돌 1

부딪혀 아파도 비명 소리 낼 수 없는
모난 모서리 갈고 다듬은 돌처럼
우직하게 버티고 있는 당신이 보인다

세월에 모든 아픔과 시련이
흔적으로 남아 내 가슴에 달그락거리며
아파하는 소리가 들린다

흔적이 많을수록
단단하고 부드러운 당신
저 또한 당신처럼 많은 시련으로
가장 부드러운 것이
가장 단단해진다는 것을 알 듯합니다

돌 2

모나고 날카로운 것들에 부딪힐수록
단단해지는 습성을 지녔나
아픔을 속으로 깊이 간직하고
스치고 지나가는 만남이
더할수록 커지는 상처
석류 알처럼 견딜 수 없어 터지려 들 때마다
너를 생각하며
더욱 깊은 곳으로 내려보낸다

오랜 상처가 다져진 개펄에서 캐낸
비로소 빛을 드러낸 진주처럼
차가운 바람과
밀물과 썰물의 간만의 차를 견딘 후에야
단단해지는 알
바닥으로 바닥으로 가라앉은
상처가 굳어 단단한 아픔이 되었나

깊은 바다가 거친 파도를 두려워하지 않듯
크고 깊은 상처를 기꺼이 안은 몽돌들
겉은 단단하나 속은
부드러운 삶의 초상

용서

혀의 가시에 찔린 상처
그 상처가 독이 되어도
가슴으로 안은 채
당신은 소리 없이 울고 있음을
몰랐습니다.

바람 같은 목마름을 안고
그리움의 키를 한 자씩 높이며
베란다 창 너머로 향해 있음을 알면서도
전 외면하고 말았습니다.

'당신은 용서가 되십니까?'
.
.
.

가슴으로 후려치는
가시들이 내 입안에
헛바늘이 되어 떨고 있습니다.

욕망

어둠 걷히고
달려와 거울 앞에 선 내 모습
안개에 젖고 바람에 긁힌
얼룩으로 홍건하다
안개 걷히자 드러난
볼품없는 나

거울의 뒷면처럼
정면을 볼 수 없기에
드러나지 않는 몰골
탐욕이란
제 뒷면을 볼 수 없기에
드러난 것들은
빙산의 일각,

뿌리가 없는 것들은

모래성처럼

무너지기 직전에

제 모습을 볼 수 있는 것

내가 그럴까

불청객

굳어진 어깨는 오십견이 자리를 잡고
낡은 무릎은 작은 소리로 밤새 앓고 있다
검게 돋아난 검버섯은 어느새 문신으로 박혀 있고
늘어진 빈 가슴은 커다란 뽕으로 채워 놓는다
뿌연 거울 앞에 회색의 깃털로 화장을 한다
청하지 않아도 어김없이 오는
한 번 오면 다시는 떠나지 않는 손님

어느 날

거울을 본다
세월을 반쯤 걸어온 여자가
나를 바라보고 있다

그녀의 시선을 피해
콤팩트를 두들겨 본다

그녀도 나의 시선을 피한다
서로를 곁눈질한다
슬픈 눈빛

거울 밖의 그녀와
거울 속의 그녀
다른 듯 닮은
서로를 물끄러미 바라보고 있다

꿈

하얗게 피어오르는
방역차 연기 속으로
아이들이 달려간다

연기에 가려
보일 듯 보이지 않는
모습들이 신기해
깔깔거리며 달려온다

진한 소독약 내음 속에서
미지의 세계를 꿈꾸며
뿌연 안개 같은 터널을
힘차게 빠져나온다

꿈의 입구와 출구에서
왁자한 조무래기 아이들의 꿈도
소독되고 있다

원치 않는 또 다른 나

적막의 허무를 깨기 위해
죽음 같은 침묵 속에
가둬 놓는다

고통의 향기가
미소로 머물고
외로움이 질주해 온다

수많은 몸부림 끝에
또 다른 나를 잉태하지만
용서라는 굴레에 묻혀 버린다

적당한 타협 속에 길들여진
버릴 수 없는 나

가는 세월

화살보다 더 빠른 시간 속에
거실 달력의 몸집은
조금씩 야위어
어느덧
왜소하기까지 하다
뻐꾸기시계 울부짖음에
한 장 한 장 뜯겨 버려진 날짜들
몸집이 작아질수록 더 크게 남는 과거
미래란 아직 드러나지 않은 상처 같은 거
달력의 숫자들은
삶이 견뎌 내야 할 숫자가 아닐까
한 장씩 떨어져 나갈수록
과거는 쌓이고 미래는 허물어지는
달력은
세월의 흔적이다

허상

구름도 벗이고 바람도 벗이련만
나는
세월만 가는 줄 알았다네
보일 듯 잡힐 듯하다
큰 손에 잡혀
안개처럼 아스라이 사라진
나의 행로
아우성치고 으르렁거리며 살았던
젊은 날의 초상이네
회색 꿈마저 중년의 허리띠에 매여
허울 좋은 그림이 되었는데
모두 다 허상이었네
근심 한숨에 설움 한술 더하면
드높은 하늘도 푸짐한 이 대지도
모두 내 것인 것을
여백은 가장 넓은 공간,
비어 있을수록 가득한 것이므로
빈손이 가장 가득 쥔 것이라네

기억

칠 남매 중 막내딸인 내 눈 속엔
검은 머리 찰랑이던 아버지가 없다

굵은 밭고랑처럼 주름진 얼굴
귀밑머리 희끗희끗하고
노거수처럼 잔가지의 나뭇잎처럼
머리에선 늘 바람이 나부꼈다

기억 속 희미한 아버지가
요즘 내 눈 속에 자주 보이는 건 왜일까
이미 나도 아버지의 그 무렵이 되어 보니
희끗희끗해진 머리가 된
오빠의 뒷모습에서
생전의 그리운 아버지가
선명하게 보인다

능소화

하늘을 향해 비상을 꿈꾸던
주홍빛 능소화

백지의 담장에
온통 몸짓으로 분홍 글씨를 쓰네

받침 떨어지듯
담장 밑에 한 잎 한 잎 떨어지는
분홍 이파리

늙은 꽃잎은 바닥에서 통곡하고
귀밑머리는 하얗게 세월이 앉네

저녁 해는 수평선 붙들고 머뭇거리고
달은 산머리에서 오래도록 주저하네

하롱베이의 바다

아름다운 병풍이 바다를 안고 있는 하롱베이
20여 년 전에 묻어 둔 나를 찾아 이곳에 왔지
수평선 너머에서 어둠을 살라 먹고
찬란한 아침을 피워 올린 바다
빛의 유희를 뽐내는 자태 속에서
지난날의 나를 보았지
빛만이 길을 만들 것이라 여겼던 자만自慢의 향연
노을이 뒷모습을 보이면
별이 까치발로 기다리고 있는 것을
바다가 품어 낸 빛 속에
어둠의 내음이 배어 있다는 것을
수십 리를 걸어 보고 나서야 알았지
바다가 울분을 가라앉히느라
자신을 파도로 쓰다듬듯이
나도 이제 바다를 안고
남은 길을 걸어가야겠지

삶

여기까지 왔으니 자알 온 거다
누워 있자니 자식들이 암암하고
앉아 있자니 새끼들이 눈에 밟힌다
서서 온 세월이 한스러워
이제라도 앉으려 하니
이마저도 싫다고 관절이 거부한다
옹이투성이가 된 몸에
이젠 삶의 무늬만 빼곡하니
노을 한 자락을 가슴까지 끌어 덮고
이제 두 발을 쭉 뻗어 본다
발끝에 와 닿는 허공이 바닥이었다

안부를 묻다

세월도 오래 묵으면 꽃이 핀다고 했나
밤새 설친 잠이 여독이 되어
밀차에 의지하며 맞은 아침,
햇살은 피지 못한 등짝을 위로하며 밀어 준다
불어오는 바람 피할 수 없지만
기우는 세월
밀차의 기운 허리 따라 바퀴도 기우는데
집집마다 앞서거니 뒤서거니
굽은 허리 펴지 못하는 노구들
밀차를 앞세우고
서로의 안부를 묻는 골목의 행렬,
밀차의 은빛 바퀴들로
마을의 아침이 왁자하다

명命

- 생명의 늪

흔들리는 링거는 주인을 잃고

못다 한 말을 토해 내고 있다

굳게 닫힌 커튼 사이로

싸늘하게 식은 공기만 맴돌고 있다

붉게 태우던 일흔일곱 달구어진 삶의 열기를

힘겹게 털어 내고 있는 듯

링거 호스 속에 남은 몇 방울의 수액만

남은 눈물을 쏟듯

울컥울컥,

남겨진 사람들의 가슴속으로

물줄기가 흐르고 있다

하얗게 식어 버린 꿈들을

하나둘 지우며 가 버린

한 줌의 흙으로 돌아가는 길일까

바람에 커튼 자락이 나부끼고 있다

정지된 시간 속의 그리움

시간은 청춘을 질투하고
세월은 인생을 시샘하니
황혼은 밤사이 와 버렸다
거울 앞 중년의 모습
머리에 내린 서리
주름은 계급처럼 눈가에 머문다
이목구비에 새겨진 무늬들은
내가 지나온 날들
거울 밖 내가 거울 속 나를 보면
가슴 두근거리는 설렘은
아직도 따뜻한데
시간이 흘러도 바래지 않는
앨범 속 얼굴
되뇌어 보는 이름
그리움이라는 못갖춘마디 하나